Renate Welsh

Vamperl soll nicht alleine bleiben

© Jacqueline Godany

Renate Welsh lebt als freie Schriftstellerin in Wien. Sie hat viele engagierte Kinder- und Jugendbücher geschrieben, für die sie neben zahlreichen anderen Auszeichnungen mehrfach den Österreichischen Staatspreis, den Preis der Stadt Wien und den Deutschen Jugendliteraturpreis erhielt. Ihr Gesamtwerk wurde 1995 mit dem Österreichischen Würdigungspreis und 2006 mit dem Literatur-Würdigungspreis des Landes Niederösterreich ausgezeichnet. Mehr von Vamperl und Frau Lizzi ist nachzulesen in den dtv junior-Bänden ›Das Vamperl‹, ›Wiedersehen mit Vamperl‹ und ›Ohne Vamperl geht es nicht‹.
Weitere Titel von Renate Welsh bei dtv junior: siehe Seite 4

© privat

Heribert Schulmeyer wurde 1954 in Köln geboren. Er studierte an der ehemaligen Kölner Werkschule im Fachbereich Illustration und Freie Grafik und lebt heute als freier Illustrator in Köln.

Renate Welsh

Vamperl soll nicht alleine bleiben

Mit Illustrationen
von Heribert Schulmeyer

Deutscher Taschenbuch Verlag

Eine Hörbuchausgabe ist bei
Der Hörverlag, München erschienen.

Von Renate Welsh sind außerdem bei dtv junior lieferbar:

Das Vamperl
Wiedersehen mit Vamperl
Ohne Vamperl geht es nicht
Das große Buch vom Vamperl

... und bei dtv: siehe unter www.dtv.de

Das gesamte lieferbare Programm von dtv junior und viele andere Informationen finden sich unter www.dtvjunior.de

FSC
www.fsc.org
MIX
Papier aus verantwortungsvollen Quellen
FSC® C013736

Originalausgabe
20. Auflage 2014

Umschlagkonzept: Balk & Brumshagen
Umschlagbild: Heribert Schulmeyer
Gesetzt aus der Trump 14/16
Gesamtherstellung: Kösel, Krugzell
Printed in Germany · ISBN 978-3-423-75016-5

Inhalt

Vamperls Heimkehr

Das große Tor des Krankenhauses wurde aufgerissen.
Herr Professor Obermeier trat heraus, an seinem Arm ging eine ältere, rundliche Frau. Hinter ihnen kamen Ärztinnen und Ärzte, Krankenschwestern und Pfleger, Putzfrauen und Träger. Alle stellten sich im Halbkreis um den Professor und die Frau mit dem Strohhut.
»Darf ich Sie wirklich einmal besuchen, Frau Lizzi?«, fragte der Herr Professor.
»Gern«, sagte Frau Lizzi. »Wir werden uns freuen. Und Sie bekommen auch einen guten Kaffee bei mir. Jedenfalls ist er sehr viel besser als im Krankenhaus.«
Der Professor machte eine Verbeugung wie ein braver Bub.
»Ich freue mich darauf. Aber jetzt muss ich zurück zu meinen Patienten.« Er

wandte sich an eine junge Ärztin. »Begleiten Sie bitte Frau Lizzi zum Taxistand?«

Der Professor und sein Gefolge verschwanden im Haus. Die junge Ärztin nahm Frau Lizzis Arm.

»Danke, sehr lieb. Entschuldigen Sie, ich muss mich einen Moment setzen.« Frau Lizzi ging zu einer Bank unter großen alten Bäumen.

»Ist Ihnen nicht gut?«, fragte die Ärztin besorgt, griff nach Frau Lizzis Handgelenk und fühlte ihren Puls.

»Es geht gleich wieder. Das war doch alles sehr aufregend. Schließlich bin ich nicht mehr die Jüngste und der Vamperl ist mein erstes Kind.«

»Wie bitte?« Plötzlich meinte die Ärztin unter Frau Lizzis Hut ein kleines Gesicht zu sehen, das Grimassen schnitt. Sie wischte sich über die Augen und schnappte nach Luft.

»Das war mein Vamperl«, sagte Frau Lizzi.

»Wie bitte?«

Frau Lizzi lachte. »Ich hätte es auch nicht geglaubt, wenn ich es nicht selbst erlebt hätte«, sagte sie.

Dann erzählte sie, wie alles gekommen war:

Wie sie den kleinen Vampir in einem Spinnennetz fand.

Wie sie zunächst Angst vor ihm hatte.

Wie er ihr Leid tat.

Wie sie ihm seine erste Milchflasche gab.

Wie sie sich an ihn gewöhnte.

Wie er größer und größer wurde und wie ihm die Milch nicht mehr genügte. Wie er schließlich anfing Leuten Gift aus der Galle zu saugen.

»Das erste Mal war es bei der Mutter vom Hannes. Die Frau Müller wollte den Buben ohrfeigen, nur wegen einem Loch in der Sonntagshose und einem grünen Grasfleck. Aber das ist doch kein Grund, oder?«

»Nein«, sagte die Ärztin.

Frau Lizzi schmunzelte. »Das Gesicht vom Hannes hätten Sie sehen sollen! Er wartete auf die Ohrfeige – und plötzlich wuschelte ihm seine Mutter die Haare. Der hat den Mund nicht mehr zugekriegt.«

Sie sang der Ärztin das Lied vor, das sie damals für Vamperl gedichtet hatte:

»Ja – so ein Vampir
ist kein böses Tier!
Muss es nicht sein,
wenn er von klein
auf Liebe spürt.

Mein Vamperl trinkt nur Milch und mag kein Blut
und macht die bösen Leute alle wieder gut.
Wenn einer tobt und schreit, was er kann,
dann flitzt mein Vamperl lautlos heran,
saugt ihm ein bisschen Gift aus der Gall' –
erledigt der Fall!
Mein Vamperl trinkt nur Milch und mag kein Blut
und macht die bösen Leute alle wieder gut.«

»Wie schön«, sagte die Ärztin.
Frau Lizzi erzählte weiter: »Aber dann wollte doch Ihr Professor den Vamperl als Giftsauger am Krankenhaus haben und hat ihn einfach unter einen Glassturz gesteckt. Um ein Haar wär er mir gestorben, mein armer Vamperl. Da hab ich die Glasglocke zerdroschen. Natürlich ist der Professor sehr wütend geworden und Vamperl ist ihm gleich an die Galle gegangen. Das schöne, frische Gift hat ihn schnell wieder zu Kräften gebracht.«
Vamperl hob den Strohhut und grinste die Ärztin an.
»Wenn ich denke, wie viel Gift es auf der Welt gibt, dann würden wir min-

destens tausend Vamperln brauchen«, meinte sie.
»Genau!«, rief Frau Lizzi. »Und jetzt gehen wir nach Hause, Vamperl und ich.«
Die Ärztin begleitete sie bis zum großen Tor. »Ich habe mich sehr gefreut Sie kennen zu lernen. Alles Gute Ihnen beiden.«
»Ihnen auch! Da ist ja meine Straßenbahn.«
Die Ärztin winkte.
Immer wieder spürte Frau Lizzi, wie Vamperl ihren Hut lüpfte. Immer wieder drückte sie ihn herunter. »Vamperl«, flüsterte sie, »sei vorsichtig!«

Zwei Mädchen drehten sich nach ihr um und kicherten. »Die Oma ist nicht mehr ganz dicht!«
Vamperls kleine haarige Hand kam unter dem Hutrand hervor und kraulte Frau Lizzis Schläfe. Dabei fiepte er leise.

Kaum hatte Frau Lizzi das Haustor geöffnet, hörte sie Frau Müller schreien: »Eine Schande ist das! Dieses Zeugnis willst du deiner Oma zeigen? Es heißt doch gleich wieder, ich bin schuld... Vielleicht geht es wirklich nur mit einer ordentlichen Tracht Prügel!«
Frau Lizzi versuchte erst gar nicht Vamperl festzuhalten. Sie fühlte einen Luftzug, gleich darauf sagte Frau Müller: »Immerhin – ein Einser und zwei Zweier. Wir beide müssen halt in den Ferien ordentlich miteinander üben.«
Frau Lizzi ging in ihre Wohnung. Vamperl kam angeflattert und kuschelte sich in ihre Halsgrube. Dort schlief er

ein und Frau Lizzi döste auch ein bisschen.
Geschrei im Treppenhaus weckte beide auf: Frau Anna und Frau Maringer stritten wieder einmal. Bello und Flocki kläfften dazu.
Ärgerlich machte Frau Lizzi die Tür auf. Vamperl schoss hinaus und saugte beiden Frauen das Gift aus der Galle.
Dann waren zwei Buben dran, die einen angebundenen Hund mit Kletten bewarfen.
Am Abend grölte ein Betrunkener vor dem Haus.
Vamperl flog zum Fenster. Der Mann hob die Hand. Vor ihm stand ein blasses kleines Mädchen und versuchte den Kopf mit den Armen zu schützen. Mit angelegten Flügeln stürzte sich Vamperl in die Tiefe.
Er stach zu, aber der Mann torkelte und Vamperl traf nur den Arm. Der Betrunkene brüllte auf. Doch jetzt schaffte es Vamperl, einen großen Schluck Gift aus

der Galle zu saugen. Ganz zahm wurde der Mann und ließ sich von dem kleinen Mädchen nach Hause führen.

Vamperl versuchte aufzufliegen, machte aber nur ein paar Hüpfer.
Frau Lizzi beugte sich weit aus dem Fenster. Sie sah, wie Vamperl torkelte und taumelte. So schnell sie konnte, lief sie hinunter.
»Du bist ja total besoffen!«, schimpfte sie, als sie ihn aufhob. Sein Bauch gluckste, er rülpste laut. Kopfschüttelnd trug sie ihn in die Wohnung.
»Na, gute Nacht«, schimpfte sie. »So klein und schnarcht wie ein ganzes Sägewerk. Wie soll ich denn da noch schlafen? Aber so weiß ich wenigstens, dass du da bist. Und das ist schön.«

Auf dem Dachboden ...

Vamperl schnarchte noch immer, als Frau Lizzi aufwachte. Arme und Beine weit von sich gestreckt, lag er da.

»Mistkerl«, sagte sie. »Du lieber Mistkerl.«

Sie kochte einen besonders guten Kaffee, öffnete ein Glas selbst gemachter Himbeermarmelade, freute sich über die fröhliche Musik im Radio und genoss ihr Frühstück.

»Und jetzt«, sagte sie, »denk einmal scharf nach, Lizzi. Du hast Vamperl lieb. Sehr lieb sogar. Aber du bist nicht mehr die Jüngste und so lieb er ist, so anstrengend ist er auch. Du bist einfach zu alt für ihn. Tut mir Leid, aber so ist es. Über kurz oder lang muss er eine Frau haben. Eine Vampirfrau natürlich. Und Kinder sollen sie kriegen, möglichst viele. Aber wo be-

komme ich eine Vampirfamilie für ihn her?«
Da ihr keine Antwort einfiel, fing sie an die Wohnung zu putzen. Das half oft.
Vamperl wachte nicht auf, als sie den Boden aufwischte und die Fensterbretter abstaubte. Als sie aber anfing die Möbel zu polieren, verzog er die Nase und öffnete schließlich ein Auge.
»Das stinkt dir, was?«, fragte Frau Lizzi.
Vamperl nickte heftig.
»Ich mag den Geruch«, sagte sie. »Da merkt man gleich, wie sauber es ist.«
Vamperl zog einen Flunsch.
Ich werde mich daran gewöhnen müssen, wieder allein zu sein, dachte Frau Lizzi. Dafür wird es schön ruhig sein. Und wer weiß, vielleicht brauchen sie mich eines Tages als Oma für ihre kleinen Vamperln. Aber so weit sind wir noch lange nicht.
»Du sollst nicht träumen«, schimpfte sie, »du sollst logisch denken.«
Vamperl fiepte fragend.

»Nicht du«, sagte Frau Lizzi, »ich! Ich rede mit mir selbst. Das tun alte Frauen oft. Also: Wo habe ich Vamperl gefunden? In einer Spinnwebe in meiner eigenen Küche.* Im Augenblick gibt es hier keine Spinnweben. Und warum sollte ein zweites Vampirkind ausgerechnet hier landen? Wir müssen woanders viele Spinnweben untersuchen. Wo aber gibt es viele Spinnweben? Auf dem Dachboden. Wenn wir ganz großes Glück haben, schläft am Ende direkt über unseren Köpfen ein kleiner Vampir oder noch besser eine Vampirin. Also los, Vamperl, worauf warten wir noch?«
Frau Lizzi zog eine alte Kittelschürze an, band sich ihr Kopftuch um und marschierte zum Hausmeister. Sie bat ihn um den Dachbodenschlüssel. »Was wollen Sie denn dort oben?«, fragte er.
Auf diese Frage war Frau Lizzi gefasst.

* Wer genau wissen will, wie Vamperl zu Frau Lizzi kam und welche Abenteuer sie erlebten, der liest am besten den ersten Band ›Vamperl‹.

»Ein bisschen sauber machen, ich möchte meine Teppiche waschen und aufhängen.«
Mit Besen und Schaufel, Eimer und Putzlappen begann Frau Lizzi den Aufstieg. Stickige Luft schlug ihr entgegen, als sie die schwere Eisentür öffnete. Der Boden war bedeckt mit Staub und Taubenmist.
»Da haben wir uns was angetan«, seufzte Frau Lizzi.

Durch die Dachluken drangen Bündel von Sonnenstrahlen, in denen Staubkörnchen tanzten.
Vamperl flatterte von einer Ecke in die andere und stieß dabei seltsame hohe Töne aus. Plötzlich jaulte er auf.
Frau Lizzi musste über ein schwankendes Brett balancieren um zu ihm zu kommen.
Im Dunkeln streiften Spinnweben ihr Gesicht. Sie streckte die Hand aus, erwischte Vamperl, trug ihn zum Fenster. Er war völlig verstrickt in dünne, graue Fäden. Vorsichtig wickelte sie ihn aus. Er verkroch sich zitternd in ihre Schürzentasche.
Als Frau Lizzi das Brett ansah, über das sie gegangen war, wurde ihr flau im Magen. Ein paar Minuten stand sie vor einer Dachluke und atmete tief durch. Dann machte sie sich entschlossen an die Arbeit. Dachbalken um Dachbalken suchte sie ab. Sie fand viele Spinnennetze, sie fand tote Fliegen, Bienen und

Wespen, auch zwei Schmetterlinge. Einen Vampir fand sie nicht.
»Wär ja auch ein Wunder, gleich beim ersten Mal«, versuchte sie sich und Vamperl zu trösten.
Sie fing an zu kehren, dabei wirbelte sie Unmengen von Staub auf. Vamperl nieste, Frau Lizzi nieste.
Der Eimer war voll und noch immer sah man keinen Unterschied auf dem Dachboden. Frau Lizzi bückte sich um den Kübel aufzuheben, da schlug etwas hart gegen ihre Wange.
Sie schrie auf und sah eine Taube durch die Dachluke davonfliegen. »Ich kann nicht mehr«, flüsterte Frau Lizzi und machte sich an den langen Abstieg.
»Ja, wie schauen Sie denn aus?«, rief der Hausmeister.
»Ich schaff's nicht«, sagte Frau Lizzi kleinlaut.
Der Hausmeister nickte. »Irgendwann mache ich da oben Ordnung«, versprach er. »Irgendwann demnächst.«

Daheim ließ sich Frau Lizzi in ihren Sessel fallen. Vamperl zupfte ihr die Spinnwebenreste aus den Haaren.
Als sie später am Spiegel vorbeiging, erschrak sie. Dann musste sie lachen. Das Monster mit den Rußflecken im Gesicht, das war sie!

Ihr Waschwasser sah aus wie schwarze Tusche. Als sie endlich sauber war, wollte sie Vamperl im Waschbecken baden. Er flutschte davon und flog auf die Vorhangstange.

»Bitte sehr«, sagte sie. »Wie du willst.«
Er fing an sich zu putzen wie eine Katze, nur nicht so gründlich. Nach einer Weile kam er angeflogen, legte den Kopf schief und nahm einen Anlauf um auf Frau Lizzis Schulter zu hüpfen.
Sie wehrte ihn ab. »Mit Schmutzfinken schmuse ich nicht!«
Nach dem dritten oder vierten Versuch flatterte er auf den Waschbeckenrand und fiepte auffordernd.
»Warum denn nicht gleich?«, schimpfte Frau Lizzi.

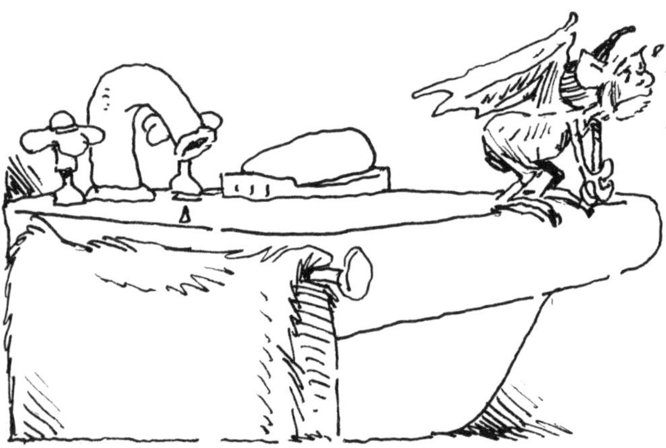

Vorsichtig wusch sie ihn. Er schüttelte sich, dass die Tropfen flogen. Frau Lizzi lobte ihn sehr. Hinterher musste sie ihre Brille putzen.
Später saßen sie vor dem offenen Fenster und schauten hinauf in den Abendhimmel und hinunter auf die Straße. Vamperl flog nur einmal kurz weg um sich aus den Gallen von drei großen Buben, die ein paar Kleinen den Ball weggenommen hatten, sein Abendessen zu holen. Als er zurückkam, leckte er sich genüsslich die Lippen.

... *und im Keller*

Am nächsten Tag beschloss Frau Lizzi ihre Suche auf den Keller auszudehnen. »Ich hab die Blumenerde unten«, erzählte sie dem Hausmeister. »Ich muss meine Pflanzen umtopfen.«
Er blickte ihr kopfschüttelnd nach. »Das kommt vom Alleinsein«, murmelte er.
Frau Anna kam mit Flocki die Treppe herunter. Plötzlich fing der Hund an zu heulen. Er heulte wie ein Wolf. Vamperl verkroch sich tief in Frau Lizzis Haarknoten.
Sie schloss schnell die Kellertür hinter sich. »Reiß mir nicht alle Haare aus«, sagte sie. »Ein paar würde ich ganz gern behalten. Hierher kommt der Flocki nicht, die Tür ist zu und die Frau Anna geht überhaupt nie in den Keller, die fürchtet sich viel zu sehr vor Ratten.«

Es dauerte lange, bis sich Vamperl beruhigte, und noch länger, bis er zaghaft losflog und die Kellergänge erkundete. Auch hier gab es viele Spinnweben, kunstvolle riesige Netze. In einem saß eine fette Spinne, direkt in Augenhöhe von Frau Lizzi. Sie wich zurück. Doch

Vamperl betrachtete die Spinne interessiert. Langsam ließ sie sich an einem langen Faden herunter. Ihre acht haarigen Beine zappelten und ruderten.
Vor einer Kellertür saß eine winzige Maus und guckte Frau Lizzi aus runden schwarzen Augen an. Erst im letzten Moment huschte sie davon. Vamperl fiepte aufgeregt.

Einen Vampir fanden sie nicht.
»Vielleicht morgen«, sagte Frau Lizzi und bemühte sich so viel Munterkeit wie möglich in ihre Stimme zu legen.
Auf der Treppe traf sie Hannes. »Hast du einen Moment Zeit?«, fragte sie, denn ihr war plötzlich eine Idee gekommen.
Hannes nickte.
Frau Lizzi öffnete ihre Wohnungstür. »Komm rein. Muss ja nicht jeder mithören, oder?« Sie ging zum Küchenschrank. Hannes bemühte sich nicht allzu deutlich auf die Schublade zu starren, in der Frau Lizzi Kekse und Schokolade aufbewahrte. Aber da hatte sie bereits eine Tafel in der Hand, weiße Schokolade mit Nüssen und Trauben. Genau die, die Hannes am liebsten aß.
»Du bist doch ein kluger Kerl«, begann Frau Lizzi.
Hannes dachte an sein Zeugnis und schwieg.
Sie fuhr fort: »Ich möchte dich bitten, dass du in den nächsten Tagen mög-

lichst viele Spinnennetze anschaust. Wenn du irgendwo etwas Ungewöhnliches bemerkst, kommst du sofort zu mir und sagst mir Bescheid. Aber nichts anrühren oder zerstören, verstehst du? Für zehn Spinnennetze gibt es eine Tafel Schokolade. Du übernimmst die Zählung. Ich verlass mich auf dich.«

Hannes dachte nach. Der Vorschlag erschien ihm so verrückt, dass er ihn nicht annehmen wollte. Es sagten ja fast alle im Haus: Die Frau Lizzi ist etwas wunderlich geworden. Durfte er das ausnutzen?

Frau Lizzi verstand sein Zögern falsch.

»Wenn es dir lieber ist, kannst du auch Geld haben. Du musst natürlich aufpassen, wenn du in fremden Häusern suchst. Die Leute kommen leicht auf falsche Gedanken.«

Hannes nickte. Die Leute kamen meistens auf falsche Gedanken, seiner Meinung nach. »Was wollen Sie eigentlich finden?«, fragte er.

»Keine Fliegen, Bienen, Wespen oder Schmetterlinge«, sagte Frau Lizzi. Sie hätte Hannes gern ins Vertrauen gezogen, aber sie fand es besser, damit noch zu warten. »Das sag ich dir später.«

Hannes liebte Geheimnisse und es war klar, dass hinter Frau Lizzis Vorschlag ein Geheimnis verborgen war. Das würde er herausfinden! Er streckte ihr die Hand hin. »Einverstanden.«

»Und kein Wort zu irgendwem?«

»Kein Wort.«

»Prima. Und du kommst jeden Abend und berichtest, was du gefunden hast?«

»Aber klar doch.«

Frau Lizzi war sehr zufrieden. Sie tauchte ihre schmerzenden Füße in eine Waschschüssel mit Badesalz. Vamperl flog auf den Rand und schnupperte. Dann setzte er sich auf Frau Lizzis Kopf und versuchte Zöpfchen zu flechten.

Als sie sich vor dem Schlafengehen frisieren wollte, kam sie mit dem Kamm nicht durch. Ihre Haare waren völlig verfilzt. »Wenn du das noch ein einziges Mal machst«, drohte sie, »dann … dann kannst du was erleben!«
Sie hatte das deutliche Gefühl, dass Vamperl sie nicht ernst nahm. Es sah fast aus, als ob er grinste.

Im Museum ...

Schon beim Aufwachen juckte eine Idee in Frau Lizzis Kopf herum. Sie wusste bloß noch nicht, welche. Also musste sie geduldig warten, bis die Idee herauskommen wollte.
Vamperl schlief noch tief und fest. Frau Lizzi lief zum Bäcker. Als sie zurückkam, war Vamperl verschwunden. Sie bemühte sich ruhig zu bleiben, aber es gelang ihr nicht. Die Milch kochte über, während Frau Lizzi vor dem Herd stand und zusah, wie der Schaum immer höher stieg.
Da flog Vamperl durchs Fenster herein, schoss auf Frau Lizzi zu und schmatzte ihr einen Kuss auf die Wange.
»Vamperl«, sagte Frau Lizzi, »wie kann man etwas suchen, wenn man nicht genau weiß, was es ist?«
Er kratzte sich ausgiebig.

»Kennst du dich in deiner Verwandtschaft überhaupt aus? Ich nicht. Du auch nicht. Und wo können wir etwas erfahren? Im Museum. Wir beide gehen heute dorthin.«
Frau Lizzi zog ihr bestes Buntgeblümtes an und bequeme Schuhe. Sie steckte ein sauberes Taschentuch ein und eine Packung Traubenzucker.
Vor dem großen Gebäude blieb sie kurz stehen und ermahnte Vamperl artig zu sein. Dann betrat sie das Haus. Sie kam sich klein vor auf der riesigen Treppe.
»Da sieht man schon, was für eine große Sache die Wissenschaft ist«, flüsterte sie. Noch kleiner fühlte sie sich vor den Dinosaurierskeletten.
Vamperl flog auf einen Dinosaurierschwanz und fing an zu wippen. Die Knochen klapperten leise, der Draht, auf dem sie aufgezogen waren, quietschte.
»Sofort kommst du ...«, schimpfte Frau Lizzi, aber in diesem Augenblick trat

ein Aufseher durch die hohe Doppeltür. Misstrauisch blickte er herüber. Vamperl versteckte sich hinter einer Dinosaurierrippe. Der Aufseher legte die Hände auf den Rücken und kam näher.

Frau Lizzi spürte, wie der Schweiß an ihr herablief, obwohl es im Museum kühl war.
»Darf ich Sie etwas fragen?« Ihre Stimme klang piepsig.
»Gern. Dazu bin ich da.«
Frau Lizzi zeigte auf den Dinosaurier, in dem sich Vamperl versteckt hatte. »Ist das hier der Brontosaurus? Dem haben doch die alten Ägypter kleine Kinder geopfert, nicht wahr?«
Der Aufseher betrachtete sie von oben bis unten und von unten bis oben. Er führte sie in die andere Ecke des Raumes.
»Das hier ist der Brontosaurus«, erklärte er. »Er hat sich ausschließlich von Pflanzen ernährt. Kleine Kinder konnte er schon deshalb nicht fressen, weil es zu seiner Zeit noch keine gab, weder ägyptische noch andere. Er war seit mehr als 150 Millionen Jahren ausgestorben, als die ersten Menschenkinder auf der Erde herumkrabbelten.«

Frau Lizzi sah aus dem Augenwinkel, wie Vamperl auf einen Schrank flog. Eilig bedankte sie sich bei dem Aufseher. Sie konnte sich gut vorstellen, wie er seinen Kollegen von der verrückten Alten erzählen würde. Sie bot ihm ein Stück Traubenzucker an, doch er mochte nichts Süßes.

Frau Lizzi wandte sich wieder dem Dinosaurier zu. Der Aufseher ging in den Nebenraum.

Vamperl kam im Sturzflug in Frau Lizzis Tasche zurück.

Um nicht weiter aufzufallen fragte sie nicht nach der Abteilung mit den Fledermäusen. Suchend wanderte sie durch die Räume.

Die ausgestopften Tiere machten sie traurig. Der Geruch von Mottenpulver und Staub kitzelte in ihrer Nase. Vamperl lag ruhig in ihrer Handtasche, ihm war wohl der Schreck in die Glieder gefahren.

Endlich kamen sie zu den Fledermäusen. Was es da nicht alles gab: kleinwinzige und riesengroße, spitzohrige und rundohrige, hundert und mehr in hohen Glaskästen. Frau Lizzi entdeckte einen großen Vampir. Aber der war in Nordbrasilien und Guyana zu Hause und ernährte sich ausschließlich von Insekten und Früchten, ebenso wie der Langzungenvampir nebenan.

Vamperl wurde unruhig.

Er streckte den Kopf aus der Tasche und begann zu fiepen. Das Fiepen ging in ein Winseln über.

Frau Lizzi hatte eben die Aufschrift »Blutsauger« entdeckt. »Von Mexiko bis Paraguay weit verbreitet«, las sie. Da ging ein furchtbares Zucken durch den kleinen Vampir.

»Entschuldige, Vamperl«, murmelte sie. »Ich hab einfach nicht nachgedacht. Natürlich muss das schrecklich sein für dich: lauter Fledermäuse hinter Glas. Das muss dich ja an die Zeit unter der Glasglocke erinnern. Mein armer Kleiner. Ringsum nichts als tote Verwandtschaft.«

So schnell es ihre müden Beine erlaubten, lief sie ins Treppenhaus und setzte sich auf ein Geländer.

Langsam beruhigte sich Vamperl unter ihren Streichelfingern.

Drei kleine Mädchen kamen die Treppe herauf und zankten sich. Frau Lizzi verstand nur » ... dumm und hässlich«.

Ein Mädchen blieb zurück. Ganz allein stand es auf der großen Treppe.

Plötzlich griffen Frau Lizzis Finger ins

Leere. Blitzschnell hatte Vamperl sich auf die schimpfenden Mädchen gestürzt, saugte ihnen das Gift aus der Galle und flog zurück in Frau Lizzis Handtasche. Nachdenklich ging sie die Treppe hinunter.
Paraguay bis Mexiko, überlegte sie auf dem Heimweg. Arg weit weg. Und wer weiß, ob die Blutsaugerverwandtschaft etwas mit meinem Vamperl zu tun haben will? Oder er mit ihnen? In so einer Familie muss er doch das schwarze Schaf sein und die meisten Familien nehmen es übel, wenn einer anders ist. Dabei ist doch jeder anders, irgendwie. Er ist halt noch ein bisschen anderer. Nein, nach Südamerika fliege ich nicht. Oder war das Mittelamerika? Egal, beides ist zu weit.
Sie nickte ihrem Spiegelbild in einer Schaufensterscheibe zu.

... und in der Höhle

Frau Lizzi beschloss einen Ruhetag einzulegen, wegen der Füße und wegen der Aufregung. Vamperl schaukelte an der Vorhangschnur, er übte sich im Kunstfliegen, er versteckte sich und Frau Lizzi musste ihn suchen.

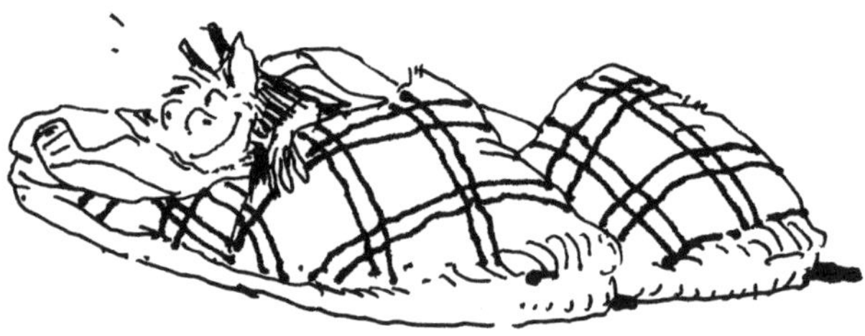

Gegen Abend kam Hannes, Hemd und Haare voll mit Spinnweben. 178 Spinnennetze hatte er gezählt. »Aus einem habe ich einen Marienkäfer gerettet. Ich hab schon gedacht, der ist tot, aber da ist er weggeflogen.«

»Toll«, sagte Frau Lizzi. »178 Spinnennetze und ein geretteter Marienkäfer ergeben 18 Tafeln Schokolade.«
»Das ist zu viel«, sagte Hannes. »Wissen Sie was, Frau Lizzi? Die Hälfte schenke ich Ihnen.«
Frau Lizzi nahm das Geschenk dankbar an. Sie hatte große Lust, seine Haare zu wuscheln. Stattdessen gab sie ihm einen Apfel.
Mit vollem Mund murmelte Hannes:
»Ich wüsste so gern, was Sie eigentlich suchen. Ich meine, wo ich doch Ihr Detektiv bin.«
Frau Lizzi nickte. »Ja – warum eigentlich nicht?«
Gerade in diesem Augenblick wurde oben ein Fenster geöffnet und Frau Müller rief ihren Sohn. Er ging sehr ungern.
Frau Lizzi drehte das Radio auf. Da redete einer von Fledermäusen! Er sprach davon, wie gefährdet sie sind. »In der Hermannshöhle, wo viele Fledermäuse überwintern, hat man vor 45 Jahren

noch über 900 gezählt, im letzten Winter weniger als 300. Die meisten davon waren Kleine Hufeisennasen, insgesamt gab es 14 Arten.«

Dort fahre ich hin, dachte Frau Lizzi. 14 Arten, darunter muss es doch Verwandte von Vamperl geben. Schließlich hab ich ihn hier gefunden, warum soll ich dann seine Familie am anderen Ende der Welt suchen? Und den Hannes nehmen wir mit.

Frau Lizzi überlegte eine Weile, dann schlug sie sich an die Stirn. »Keine Angst, Vamperl, deine Verwandtschaft in der Hermannshöhle ist nicht unter Glas und tot ist sie auch nicht.«

Vamperl hängte sich kopfunter an die Vorhangstange, dann flatterte er Frau Lizzi auf den Schoß. Er machte ein paar Purzelbäume, er kitzelte sie unterm Kinn, er fiepte ihr ins Ohr.

»Aufhören!«, quietschte sie. »Sonst kommen noch die Frau Anna und die Maringer ...«

Gleich am nächsten Morgen erkundigte sich Frau Lizzi nach den Bahn- und Busverbindungen. Dann ging sie einkaufen und fragte Frau Müller, ob sie Hannes zu einem Ausflug einladen dürfe.
»Sind Sie sicher, dass er Ihnen nicht lästig sein wird?«, gab Frau Müller zu bedenken. »Er ist so ein Wildling.«
»Ich finde ihn immer sehr hilfsbereit«, sagte Frau Lizzi. »Sie können stolz auf ihn sein.«
Frau Müller lächelte geschmeichelt. Sie hätte gerne noch mehr gehört, aber vor ihrer Kasse im Supermarkt standen die Leute bereits Schlange.

Frau Lizzi eilte nach Hause und klopfte mit dem Besenstiel an die Zimmerdecke. Wenige Minuten später kam Hannes angerannt. »Sie wollten mir doch gestern etwas erzählen ...«
»Stimmt«, sagte Frau Lizzi. Sie holte tief Atem. »Also – ich habe nämlich einen Vampir, oder eigentlich doch keinen Vampir, sondern ein Vamperl, und ...«
Hannes hörte aufmerksam zu. Als sie fertig erzählt hatte, runzelte er die Stirn. »Jeder müsste sein eigenes Vamperl haben, in der Schule, zu Hause, eigentlich immer. In meiner Klasse bräuchten mindestens zehn Kinder eines. Und

die Lehrerin auch. Und meine Mama. Wenn die ein Vamperl hätte, würde ich vielleicht gar keines brauchen ...« Er kratzte sich an der Nase.
»Genau!«, rief Frau Lizzi. »Darum brauchen wir eine Frau für ihn.«
»Und dann züchten wir Vamperln!« Hannes war begeistert. »Hoffentlich geht es so schnell wie bei Hamstern. Wie lange ist die Tragzeit?«
»So habe ich das eigentlich nicht gesehen«, sagte Frau Lizzi. »Ich hab mehr an Liebe gedacht.«
Hannes überlegte eine Weile, dann sagte er: »Sie haben Recht. Züchten kann man Vampire, aber keine Vamperln.«
Vamperl flog von der Vorhangstange herunter und zupfte Hannes an den Ohren und an den Haaren. Frau Lizzi erklärte ihm ihren Plan für morgen.
»Extra-spitzenmäßig super«, sagte er. »Ich wollte immer schon Höhlenforscher werden. Aber jetzt will ich doch noch ein paar Dachböden absuchen.«

Frau Lizzi schnitt ein Loch in die Außentasche ihres Rucksacks und nähte feinen Vorhangstoff dahinter. Dann polsterte sie die Tasche aus und packte den Rucksack. Gegen halb sechs kam Hannes zurück. »Ich hab sowieso nicht geglaubt, dass ich heute eine Frau für ihn finde«, erklärte er. »Ich wollte nur nichts auslassen.«

Vor lauter Aufregung konnte Frau Lizzi lange nicht einschlafen. Als plötzlich der Wecker neben ihr schepperte, wusste sie erst gar nicht, wo sie war. Dann musste sie sich beeilen um Hannes abzuholen und rechtzeitig zum Bahnhof zu kommen.

Während der ganzen Fahrt döste sie vor sich hin. Hannes war auch noch nicht richtig wach. Sobald sie aber aus dem Autobus stiegen, hüpfte Hannes von einem Fuß auf den anderen, rannte vor und zurück und bestand darauf, den Rucksack zu tragen.
Vamperl quiekte vergnügt bei jedem Sprung.
Sie erreichten den Höhleneingang und fröstelten in dem kalten Luftzug aus der Tiefe.
Der Höhlenführer war ein freundlicher junger Mann mit Bart. Er erklärte, wie die Tropfsteine wachsen, und wies auf besondere Gebilde hin: den »Frosch«, das »Zelt«, den »Weißen Wasserfall«. Tierköpfe, fratzenartige Gesichter lugten aus den Faltenwürfen der Felswand hervor, gelb, rot und grün, andere wieder blendend weiß.
Hannes musste Frau Lizzis Hand ganz fest drücken, weil alles so schön war.

Aber auch ein bisschen unheimlich, wenn er daran dachte, dass über ihnen ein ganzer Berg lag.
Weil sie gar nicht so schnell schauen und alles aufnehmen konnten, blieben sie etwas zurück und standen plötzlich allein im Finstern. Irgendwo vorne um die Ecke hörten sie den Führer reden.
Sie beeilten sich die anderen einzuholen und kamen in einen sehr hohen, schmalen Raum. Ein weißer Spitzenvorhang hing wie im Wehen erstarrt da. Aus einem der Deckenzapfen platschte ein Wassertropfen auf den Höhlenboden.
Frau Lizzi hob den Kopf. »Da, eine Fledermaus!«
Das Tier flatterte im Zickzack quer durch die Höhle, schoss tief herunter und stieg wieder hoch. Ein paar Leute kreischten und schützten ihre Haare mit den Händen.
Vamperl fiepte so laut, dass Frau Lizzi

meinte, alle müssten ihn hören. Sie griff nach der Klappe, aber er schnellte unter ihrer Hand aus dem Rucksack und schwang sich hinauf zu der Fledermaus. Die beiden umkreisten einander.
»Schau, jetzt sind's zwei!«, rief ein Kind. »Eine große und eine kleine.«
Frau Lizzi hatte keinen Blick mehr für die Schönheiten der Höhle. Als hätte sie Watte in den Ohren, hörte sie den Führer sagen, dass Fledermäuse bestimmt niemandem an die Haare gingen, und dann etwas von Kleinen Hufeisennasen und Großmausohren.
Auf einer steilen Treppe stolperte sie. Ein scharfer Schmerz schoss durch ihren linken Fuß. Hannes drückte ihre Hand.
»Vamperl«, flüsterte sie, »komm wieder. Du kannst sie ja mitbringen.«
Hannes pfiff leise. Das Echo warf den Pfiff von allen Seiten zurück.
Die Gruppe erreichte den Ausgang. Der Führer verabschiedete sich und sperrte die schwere Tür zur Höhle ab.

Frau Lizzi ließ sich auf eine Bank fallen. Wo soll Vamperl jetzt schlafen? Was wird er essen? Er wird verhungern und ich bin schuld. Sie schlug die Hände vors Gesicht.
»Da ist er!«, rief Hannes. »Er kommt aus dem Felsspalt!«
Einen Moment später kuschelte sich Vamperl in Frau Lizzis Halsgrube.
»Dass du wieder da bist!«, sagte sie immer wieder. Vamperl streichelte ihre Wangen. Da fing sie an zu weinen.
Hannes streifte auf der Suche nach Heidelbeeren durch den Wald. Er brachte

Frau Lizzi eine Handvoll. Sein Mund war blau und lila.
Vamperl betrachtete ihn interessiert, nahm eine Beere und steckte sie in den Mund. Zuerst guckte er misstrauisch, dann konnte er gar nicht genug kriegen. Er verschmierte Heidelbeersaft über sein ganzes kleines Gesicht.

»Jetzt siehst du wirklich wie ein Vampir aus«, rief Hannes.
Vamperl fletschte die Zähne und tat, als wollte er zubeißen.
»Wir müssen uns langsam auf den Heimweg machen«, sagte Frau Lizzi.
Vamperl schlüpfte in den Rucksack und streckte sich bequem aus. Frau Lizzi

seufzte erleichtert. Beim Aufstehen stöhnte sie. Ihr Fuß tat jetzt arg weh. Hannes stützte sie, so gut er konnte.
Sie brauchten lange, bis sie die Straße erreichten. »Wir versäumen noch den Bus«, murmelte Frau Lizzi. Sie biss die Zähne zusammen und humpelte, so schnell sie konnte. Der Schweiß lief ihr übers Gesicht.
Da bremste ein Auto neben ihr. Der Fahrer war ein freundlicher Mensch. Als er Frau Lizzis Knöchel sah, fuhr er sie bis nach Hause und half sogar sie in ihre Wohnung zu bringen.
Ihr Knöchel war jetzt unförmig angeschwollen.
Hannes machte einen kalten Umschlag, kochte Kartoffeln und goss die Blumen. Beim Schälen der heißen Kartoffeln hüpfte er von einem Fuß auf den anderen. Vamperl hielt das für ein Spiel und hüpfte auf Frau Lizzis Schoß mit.
Nach dem Abendessen holte Hannes den Spazierstock seines Großvaters für

Frau Lizzi. »Sonst sind Sie ganz hilflos, wenn ich nicht da bin«, sagte er.
Ich weiß gar nicht, warum alle immer an dem Buben rummeckern, dachte Frau Lizzi. Ich mag ihn.

In der Zieglergasse …

Frau Lizzis Knöchel schwoll langsam wieder ab, doch das Auftreten tat noch weh. Hannes kaufte für sie ein und kochte unter ihrer Anleitung. Sie aßen miteinander, sie spielten mit Vamperl Halma und Mensch-ärgere-dich-nicht. Sie machten weite Reisen auf der Landkarte.

Die Nächte aber waren lang. Frau Lizzi fand keinen Platz im Bett für ihren wehen Fuß.

Nach einer Woche endlich stellte sie beim Aufwachen fest, dass sie die ganze Nacht durchgeschlafen hatte. Vorsichtig ließ sie die Beine aus dem Bett hängen und stellte die Füße auf den Boden. »Vamperl!«, rief sie. »Ich kann wieder auf meinen eigenen zwei Füßen stehen!«
Er rieb sich die Augen.
»Heute wirst du staunen, mein Lieber.«

Sie wusch sich, bürstete ihr Haar, steckte den Knoten sorgfältig auf und zog das Buntgeblümte an. Als Hannes mit den Frühstückssemmeln kam, war sie schon fertig.

»Gerade rechtzeitig«, sagte er erleichtert. Er musste über das Wochenende zu seinem Vater fahren. »Machen Sie mir nur keine Dummheiten, während ich weg bin.«
Sie lachten beide. Hannes hatte noch viele gute Ratschläge auf Vorrat, doch bevor er sie sagen konnte, tönte unten die Autohupe seines Vaters.
»Zähneputzen nicht vergessen!«, rief er im Weglaufen.
Vamperl hockte missmutig auf der Vorhangstange und zog Fäden aus der Gardine.
»Hier wird nicht Trübsal geblasen!«, sagte Frau Lizzi energisch. »In drei Tagen ist er wieder da und wir beide gehen jetzt zu der, die uns erfunden hat. Soll sie sich einmal den Kopf zerbrechen.«
Frau Lizzi zog die Schuhe an. Vamperl flog auf ihren Kopf, sie setzte behutsam den Strohhut auf.
In der nächsten Telefonzelle schlug sie das Telefonbuch unter »W« auf. Einen

Moment lang überlegte sie, ob sie sich anmelden sollte, aber dann fand sie das überflüssig.
Gemächlich schlenderte sie die Straße hinauf. Vamperl holte sich sein Frühstück bei zwei Autofahrern, die um einen Parkplatz stritten.

Vor einem hübschen alten, hellblau gestrichenen Haus blieb Frau Lizzi stehen und studierte die Klingeltafel. »Hier sind wir richtig«, erklärte sie Vamperl und drückte entschlossen auf eine Taste. Das Tor öffnete sich. Frau Lizzi ging hinauf in den zweiten Stock und klopfte.
»Guten Morgen«, sagte ich.

Frau Lizzi musterte mich. »Sie habe ich mir auch anders vorgestellt. Erkennen Sie mich wenigstens?«
Ich zögerte. »Sie kommen mir bekannt vor, aber ich weiß im Augenblick wirklich nicht, wo ich Sie hintun soll.«
Frau Lizzi marschierte einfach in meine Wohnung und sah sich alles genau an. Sie öffnete jede Tür. »Schön haben Sie es«, erklärte sie. »Allerdings – wann haben Sie zum letzten Mal abgestaubt?« Sie fuhr mit einem Finger über einen Bilderrahmen. »Mir hätten Sie ruhig auch so eine Wohnung geben können. Ein Badezimmer haben Sie natürlich auch. Und ganz in Weiß. Warum habe ich keines? Bin ich weniger wert als Sie?«
Ich wußte nicht, was ich tun sollte. Gefährlich sah die Frau ja nicht aus ...
»Sie sind doch nicht am Ende die Frau Lizzi?«, rief ich.
»Wer denn sonst?«, sagte sie. »Natürlich bin ich die Frau Lizzi. Und den Vamperl habe ich auch mitgebracht.«

Ich musste mich setzen. Sie schüchterte mich ein. Ich wusste beim besten Willen nicht, wie ich mich verhalten sollte.
»Darf ich Ihnen vielleicht eine Tasse Tee anbieten?«
»Danke«, sagte Frau Lizzi. »Ich trinke lieber Kaffee, das müssten Sie eigentlich wissen, und zwar einen ordentlich starken!«
Ich war froh, dass ich etwas zu tun hatte.
Frau Lizzi kam mir in die Küche nach.
»Können Sie wenigstens kochen?«, fragte sie.
»Es geht. – Wollen Sie meinen Apfelkuchen probieren?«
Sie nickte gnädig.
Das glaubt mir kein Mensch, dachte ich. Kein einziger.
Frau Lizzi trug die Tassen ins Arbeitszimmer. Dort wollte sie lieber sitzen, sagte sie. Sie trat zu meinem Schreibtisch: »Eine schöne Wirtschaft«, stellte sie fest. »Machen Sie da nie Ordnung?«

Ich war gekränkt, denn der Schreibtisch war gerade für meine Begriffe besonders schön aufgeräumt.
Frau Lizzi nahm ein Blatt Papier in die Hand. »Was Sie für eine Krakelschrift haben. Das kann man ja kaum lesen.«

Dann zeigte sie auf meine Schreibmaschine. »Ist das die, auf der Sie mich ...«
»Ja«, sagte ich.
»Sie haben nicht einmal eine elektrische? Und keinen Computer?«
»Nein.«
Sie beugte sich vor. »Können Sie sich keinen leisten?«

»Wenn ich wirklich wollte, könnte ich schon. Aber ich mag meine alte Schreibmaschine. Außerdem muss ich jeden Text immer wieder neu abschreiben und dabei verbessern, damit er so gut wird, wie ich's eben kann.«

Sie verzog den Mund. »Wie oft haben Sie uns neu geschrieben?«

Ich dachte nach. »Das weiß ich nicht mehr so genau, es ist ja auch einige Jahre her. Drei-, viermal bestimmt.«

Sie betrachtete mich mitleidig. »Drei-, viermal. Und da setzen Sie uns einfach in die Welt, mich und den Vamperl, und machen sich noch beim vierten Mal keine Gedanken darüber, wo er eine Frau finden soll? Alles muss ich allein erledigen. Und dabei haben Sie mir auch noch diesen Rheumatismus angehängt. Nicht sehr rücksichtsvoll von Ihnen.«

Sie nahm einen Schluck Kaffee. »Aber der Kaffee ist gut.«

Nachdem auch der Kuchen ihre Zu-

stimmung gefunden hatte, lächelte sie. Dabei wurden ihre Augen viel blauer.
»Na gut«, brummelte sie, »es ist eben, wie es ist.«
Vamperl flog auf meinen Kopf und begann an meinen Haaren zu zupfen.
»So kurze Haare mag er nicht«, sagte Frau Lizzi.
Ich erklärte ihr, dass bei mir keine Frisur hält und dass ich leider ungeschickt bin im Lockenwickeln und Föhnen.
Sie nickte. »Aber jetzt im Ernst: Wo finden wir eine Frau für ihn?«

Vamperl zog so heftig an meinen Haaren, dass mir die Tränen in die Augen traten. »Ich weiß nicht«, sagte ich.
»Also hören Sie, wenn Sie es nicht wissen ... Sie brauchen ihm doch nur eine zu schreiben. Ganz einfach!«
»So einfach ist das nicht«, wehrte ich mich. »Sie sind ja auch nicht mehr bloß die, die ich geschrieben habe. Sie sind Sie selbst geworden ...«
Sie unterbrach mich. »Das will ich meinen.«
»Eben«, bestätigte ich. »Sie können mir widersprechen, Sie gehen Ihre eigenen Wege. Sobald ein Buch fertig ist, hat meinereine keine Möglichkeit mehr einzugreifen.«
Sie schüttelte den Kopf, sie glaubte mir einfach nicht.
»Das ist so ähnlich wie mit Kindern«, sagte ich. »Wenn die erst einmal auf der Welt sind, hilft es auch nicht zu sagen, ich hätte doch lieber ein anderes gehabt. Man kann nur mehr für sie sorgen

und sie lieb haben und achten, dann können sie lernen andere lieb zu haben und zu achten.« Ich verstummte. Ich merkte, dass ich nicht gut erklären konnte, was ich meinte.

»Kinder können Sie auch nicht drei- oder viermal umschreiben.«

»Stimmt.« Plötzlich hatte ich einen Einfall. »Wissen Sie, dass die Kinder Sie sehr mögen, Sie und den Vamperl?«, fragte ich.

Sie wurde ein bisschen rot. Es stand ihr gut.

Ich holte die Mappe mit den Kinderbriefen heraus und drückte sie ihr in die Hand. Frau Lizzi fing an zu lesen. Sie las sich fest.

»Die Kinder schreiben viel schöner als Sie«, stellte sie fest. »Viel leserlicher.«

»Ich weiß.«

Sie winkte mir ruhig zu sein. »Hör dir das an, Vamperl! Du hast ja gar nicht gewusst, wie viele Abenteuer du schon bestanden hast!« Sie las ihm einige Ge-

schichten vor, die Kinder über ihn erfunden hatten. Manchmal lachte sie. »Schau, da verheiratet mich einer mit einem Otto, der dich nicht mag. Als ob ich so einen auch nur anschauen würde. Aber der Otto rettet uns dann vor einem bösen Riesen.«
Sie las weiter. Manchmal schaute sie bekümmert drein. »Was Kinder alles erleben müssen! So viel Leid. Und dann glauben sie auch noch, sie wären schuld. Wie die Kleine da, die schreibt, sie braucht ein Vamperl für sich allein, dann ist sie ein Engelchen und alle ha-

ben sie lieb. Als ob man nur Engelchen lieb haben könnte.«
Vamperl nickte heftig. Frau Lizzi blätterte weiter.
»Da, Vamperl – dieses Mädchen hat dir eine liebe Frau geschrieben. Wir werden uns an die Kinder halten müssen.« Sie trank ihren Kaffee aus, sammelte mit spitzen Fingern die Kuchenbrösel ein. »Vamperl, wir gehen.«
Er zupfte zum Abschied noch einmal an meinen Haaren.
»Eines möchte ich noch wissen«, sagte Frau Lizzi. »Warum haben Sie mich ausgerechnet 67 Jahre alt gemacht?«
Ich stotterte: »Weil ... mich oft alte Frauen wie Sie getröstet haben, wenn ich als Kind unglücklich war ... und weil ... ich mir wünsche, dass ich auch einmal so werde wie Sie ...«
Frau Lizzi unterbrach mich. »Papperlapapp. Das schaffen Sie nie! Nicht, dass ich etwa eingebildet wäre. Sie sind nur ganz anders, finden Sie sich damit ab.«

Plötzlich streckte sie mir die Hand entgegen und strahlte mich an. »Machen Sie kein so trauriges Gesicht. Ich bin ja froh, dass ich auf der Welt bin, es gefällt mir gar nicht schlecht hier, trotz allem. Ich hätte nur gedacht, eine Schriftstellerin müsste sich auch weiter um einen kümmern. Jetzt sehe ich, dass ich das selbst besser kann, weil ich viel praktischer bin als Sie. Nehmen Sie mir's nicht übel.« Sie tätschelte meine Hand. Vamperl gab mir noch einen spitzen feuchten Kuss auf die Wange. Die Stelle fühlte sich lange warm an.
Ich wollte sie nach Hause fahren, doch Frau Lizzi lehnte ab. Nur bis zum Tor sollte ich sie begleiten, sie kenne sich mit diesen modernen Schließanlagen nicht aus.
Ich sah ihr nach, wie sie die Straße hinunterhumpelte. Als ich die Treppen hinaufging, fiel mir ein, dass ich vergessen hatte nach ihrer Adresse zu fragen. Ich kannte das Haus, aber ich wusste

nicht, in welcher Straße es liegt. Und es gibt viele solcher Häuser in Wien. Dann saß ich lange und starrte das leere Blatt in meiner Schreibmaschine an.

... und auf der Donauinsel

Erleichtert zog Frau Lizzi die Schuhe aus. Sie betrachtete zufrieden ihre Wohnung, in der jedes Ding an seinem Platz war. »Staub wischen könnte ich«, sagte sie.
Vamperl kämpfte mit ihr um das Tuch. Er zog und zerrte daran. Als Frau Lizzi einen Augenblick lang nicht aufpasste, entwischte Vamperl auf die Vorhangstange. Er schnatterte vergnügt und schwenkte das Staubtuch wie eine Fahne.
Es klopfte.
»Wer ist denn das?«, fragte Frau Lizzi. Vamperl zog den Kopf ein und machte sich klein. Er ließ das Staubtuch fallen. Frau Lizzi hob es auf und ging zur Tür.
Draußen stand Professor Obermeier mit einem bunten Blumenstrauß.
»Ich hoffe, ich störe nicht? Ich hätte

mich telefonisch angemeldet, aber ich konnte Ihre Nummer nicht finden.«
»Weil ich kein Telefon habe«, sagte Frau Lizzi.
Sie nahm Professor Obermeier die Blumen ab und drückte ihm dafür das Staubtuch in die Hand. Dann kochte sie Kaffee.

Er stand herum und war im Weg und wusste nicht, wohin mit dem Staubtuch. Endlich fiel es Frau Lizzi auf und sie steckte es in einen Kochtopf.
Der Professor fragte nach Vamperl.
Frau Lizzi rief ihn, aber er kam nicht, hockte oben auf der Vorhangstange und wickelte sich in seine Flügel ein.
»Er ist noch immer böse auf mich«, sagte der Professor. »Und ich kann es ihm nicht verdenken.«
Nach einer halben Stunde verabschiedete er sich. Frau Lizzi lud ihn ein am Sonntag wiederzukommen, sie würde dann auch einen Apfelstrudel backen.
»Selbst ausgezogen?«, fragte er.
»Natürlich. So dünn, dass man durch den Teig Zeitung lesen kann.«
Der Professor strahlte.
Als er gegangen war, schimpfte Frau Lizzi: »Also Vamperl, du könntest ruhig ein bisschen freundlicher sein. Der arme Mensch ist sowieso ganz schuldbewusst.« Vamperl flog hinunter und

kraulte sie am Kinn, dann knabberte er eine der Blumen an, aber die schmeckte ihm nicht, er spuckte sie im hohen Bogen aus.

Frau Lizzi öffnete die Zeitung. »Vamperl, heute Nachmittag gibt's ein Kinderfest. Wollen wir hingehen? Ich sagte ja schon, wir müssen uns an die Kinder halten.«
Vamperl fiepte sein Einverständnis.
»Aber vorher ruhen wir uns aus.«
Sie legte die Beine hoch und versuchte zu lesen. Vamperl flog hin und her, flitzte aus dem Fenster, kam zurück, sauste wieder davon.
»Zum Schwindligwerden«, schimpfte

Frau Lizzi. »Du bist wirklich in einem schwierigen Alter. Aber – wer nicht? Manchmal glaube ich, dass die Leute von einem schwierigen Alter ins nächste kommen. Lass mich jetzt wenigstens eine Viertelstunde in Frieden lesen.«
Vamperl hängte sich kopfunter an die Vorhangstange.
Nach einer Weile fand Frau Lizzi, dass es zu still in der Wohnung war um in Frieden lesen zu können. Sie war direkt froh, als es zwei Uhr war und sie sich auf den Weg zur Donauinsel machen konnten.

Dort war ein Gedränge und Geschiebe. Vamperl fand viele Gelegenheiten, großen und kleinen Menschen Gift aus der Galle zu saugen. Nach kurzer Zeit lag er völlig erschöpft in Frau Lizzis Handtasche und streckte alle Viere von sich.
Frau Lizzi schaute beim Sackhüpfen zu und beim Kasperltheater, beim Luftbal-

lontanz und beim Eierrennen. Sie hatte Spaß daran, wie die Kinder sich gegenseitig bemalten. Sie fühlte sich wohl. Da sah sie drei große Jungen, die einen Kleinen hetzten. Sie öffnete ihre Handtasche.

»Schau, Vamperl!«, flüsterte sie. »Auf die paar Schluck kommt es jetzt auch nicht mehr an.« Er rührte sich nicht.

Die großen Buben bildeten einen Kreis, stießen den Kleinen in der Mitte hin und her, knufften und schlugen ihn, wo sie ihn erwischten.

»Hört auf!«, rief Frau Lizzi. »Drei gegen einen, das ist feig!« Die Großen lachten.
Frau Lizzi zupfte einen Mann am Ärmel. »Sehen Sie nicht, was da passiert? Tun Sie doch was! Bitte ...«
Der Mann schüttelte Frau Lizzis Hand ab. »Da mische ich mich nicht ein, das sollen die untereinander ausmachen.«
Frau Lizzi schnappte nach Luft. Sie spürte eine Bewegung an ihrem Arm. Vamperl torkelte mehr als er flog. Er streifte einen der Großen, der holte mit der Hand aus um zuzuschlagen, aber da hing Vamperl schon an seiner Galle und saugte. Der Zweite trat näher, Vamperl stach noch einmal zu – und fiel wie ein reifer Apfel von ihm ab. Der kleine Bub bückte sich und hob ihn auf.
»Gib her!«, sagte der dritte Große.
»Lass ihn in Ruhe«, sagten die beiden anderen.
»Gib her!«, wiederholte der Dritte, dessen Galle noch voller Gift war.

Der kleine Bub heulte und schniefte, aber er schüttelte den Kopf.
»Nicht so fest drücken!«, rief Frau Lizzi. Der Kleine wandte sich ihr zu. Die beiden Großen hielten den Dritten fest, der sich noch wütend wehrte.
Frau Lizzi legte dem Kleinen die Hand auf die Schulter. »Danke! Aber jetzt gib ihn mir bitte. Du tust ihm weh.« Sie hatte furchtbare Angst, er könnte Vamperl zerdrücken.
Vamperl lag völlig verdreht da. Ein Flügel hing herunter. Blut tropfte aus der Nase des Buben.
Vorsichtig bettete Frau Lizzi Vamperl in ihre Hand. Sie legte zwei Fingerspitzen auf seine Brust. Sie spürte nichts.
»Er hat gezuckt!«, rief der Bub. »Mit einem Auge.«
Frau Lizzi hatte nichts bemerkt. Sie strich seinen Flügel zurecht.
Da rülpste Vamperl. Laut.
Frau Lizzi fing an zu lachen. Vamperl rülpste noch einmal, öffnete die Augen,

stöhnte und zeigte auf seinen Bauch. Frau Lizzi massierte ihn mit einem Finger. Das schien zu helfen, nach kurzer Zeit gähnte er und verkroch sich in die Handtasche.
Frau Lizzi lud den Buben auf ein Eis ein. Er wollte Vamperls Geschichte hören und nickte bei jedem Satz, als hätte er es so und nicht anders erwartet. Vamperl schnarchte, dass Frau Lizzis Tasche wackelte.

Der Bub erzählte Frau Lizzi, die drei Großen hätten ihn heute zum ersten Mal erwischt. »Sonst brauche ich nie Hilfe, weil ich so schnell bin. Und stark.« Er ballte die Faust. »Wollen Sie fühlen?«
Frau Lizzi drückte seinen Oberarm. »Du bist wirklich ziemlich stark. Übrigens – wie heißt du?«
»Murat.« Er bekam einen verschlossenen Blick, löffelte den Rest von seinem Eis aus, stand auf, bedankte sich und war in der Menge verschwunden.
Schade, dachte Frau Lizzi. Der arme Kerl hat ja richtig Angst gekriegt. Warum wohl?
In der Nähe begann ein Lautsprecher zu krächzen. »In wenigen Minuten beginnt das große Luftballonsteigen! Vergesst nicht Namen und Adresse auf die Karte zu schreiben und vielleicht einen Gruß dazu.«
Frau Lizzi erwischte die Kellnerin am Schürzenzipfel, zahlte und eilte zu der Frau mit den Luftballons.

»Dürfte ich auch einen haben? Ich bin zwar kein Kind...«
»Aber Sie waren einmal eines. Hier bitte!« Die Frau war freundlich. Sie reichte Frau Lizzi eine Schnur, an der ein grüner Ballon im Wind tanzte. Frau Lizzi band die Schnur an ihr Handgelenk, setzte sich auf eine Bank und schrieb:

Sehr lieber Vampir
(Kein Blutsauger)
sucht ebensolche Frau!

Auf die Rückseite schrieb sie ihre Adresse.
Die Kinder sammelten sich. Zu dumm, dachte Frau Lizzi, dass ich keine Tinte mithabe. Dann hätte ich einen Pfotenabdruck vom Vamperl druntersetzen können.
»Eins-zwei-drei-los!«, brüllten alle.
Hunderte Luftballons schwebten in den blauen Himmel. Wunderschön sah das aus. Einen Moment lang hielten sie sich nahe beieinander, dann trieben die ersten davon. Die Kinder wie die Großen reckten die Hälse und blickten ihnen nach. Manche winkten. Ein grüner Luftballon flog geradewegs nach Osten. Ob das meiner ist?, dachte Frau Lizzi. Jetzt war er nur noch ein Punkt und gleich darauf nicht mehr zu sehen.

Vamperls Abschied

Am Sonntag fastete Vamperl und Frau Lizzi ruhte sich aus.
Am Montagmorgen platzte Hannes in ihre Wohnung. »37 Spinnennetze im Haus, 89 in der Scheune und 75 im Stall, die schenke ich Ihnen alle. Mein Vater hat einen jungen Hund, der ist fast ein Bernhardiner.«
Einen Bach hatten sie aufgestaut. Und ein Baumhaus gebaut. Und vier Rehe gesehen. »Aber der Mama kann ich nichts erzählen, sonst fängt sie wieder an zu heulen. Auf einer Burg waren wir auch.«
»Fein, dass du es so schön gehabt hast«, sagte Frau Lizzi.
»Schön? Überhaupt nicht schön! Er hat eine Freundin und die ist auch noch nett.«
Vamperl flog auf seine Schulter und

kämmte ihm mit den Fingern die Haare.
»Lass mich in Ruhe!«, schrie Hannes ihn an.
Frau Lizzi fragte: »Seit wann sind deine Eltern geschieden?«
»Seit drei Jahren.«
»Deine Mama hat doch nichts davon, wenn dein Vater unglücklich ist.«
Hannes rannte aus der Wohnung und knallte die Tür zu.
Vamperl setzte sich auf Frau Lizzis Knie und stützte den Kopf in die Hände.
»Ja«, sagte sie, »es gibt halt Dinge, da hilft es nicht einmal, wenn man Gift aus der Galle saugen kann. Schlimm! Jetzt weißt du, wie es den meisten von uns geht. Man möchte gern helfen und kann so oft gar nichts tun.«
Hannes ließ sich den ganzen Tag lang nicht mehr blicken.
Am nächsten Morgen klingelte der Briefträger bei Frau Lizzi.
»Ich habe da einen Brief für Sie, leider

ohne Marke, Sie müssen also Nachporto bezahlen.«

Sobald der Briefträger gegangen war, flitzte Vamperl heran. Er roch an dem Brief. Er leckte über die Schrift. Er war aufgeregt, wie ihn Frau Lizzi noch nie erlebt hatte.

Sie zog eine Haarnadel aus ihrem Knoten, öffnete den Umschlag und zog ein zerknülltes Blatt heraus. Darauf stand in Großbuchstaben:

ICH WARTE SCHON SO LANGE AUF DICH!
KOMM SCHNELL!

DEINE DICH EWIG LIEBENDE VAMPERLINA!

Vamperl küsste das Blatt, schmiegte seine Wange daran, streichelte es und gebärdete sich wie toll.
»Alles gut und schön«, sagte Frau Lizzi, »aber die Klügste ist sie nicht, deine Vamperlina. Sie hat vergessen ihre Adresse zu schreiben.«
Vamperl wurde böse. Er fletschte die Zähne. Er rammte Frau Lizzis Stirn mit seinem kleinen harten Schädel. Er trug den Brief in sein Bett und legte sich darauf.
Was mach ich jetzt? überlegte Frau Lizzi. Meine Güte, er wird wirklich losziehen und sie suchen.
Zehn Minuten später kam Hannes. Frau Lizzi erzählte ihm von dem Brief.

»Wohin ist der Luftballon geflogen?«, fragte er.
»Nach Osten, so lange ich ihn sehen konnte.«
Hannes schlug vor die Wetterstation anzurufen. Dort müsste man genau wissen, wie Wind und Luftströmungen an diesem Tag um diese Zeit gewesen waren.
Frau Lizzi nickte. Das Herz wurde ihr schwerer und schwerer.
Sie gingen zur Telefonzelle.
Der Mann am anderen Ende der Leitung war freundlich. Er tippte ihre Angaben in seinen Computer, dann sagte er etwas von Ost-Süd-Ost und Thermik und Luftströmungen.
»Ist Ihnen damit geholfen?«
»Ehrlich gesagt, nein«, antwortete Frau Lizzi nach kurzem Zögern. »Wir brauchen eigentlich eine Adresse. Wenn ich Ihnen die ganze Geschichte erzählen könnte ...«
»Der glaubt bestimmt, wir spinnen«,

flüsterte Hannes. »Er ist doch ein Wissenschaftler.«
Der Mann zögerte nur kurz. »Ich mache Ihnen einen Vorschlag. Um zwei Uhr habe ich Dienstschluss, da können wir uns treffen und in aller Ruhe reden.«
»Siehst du, Hannes«, sagte Frau Lizzi auf dem Rückweg, »man muss den Menschen nur Gelegenheit geben, so nett zu sein, wie sie gern wären.«
Kurz vor zwei saßen Frau Lizzi und Hannes in einem kleinen Gartencafé und warteten.

Kurz nach zwei kam ein Mann mit einem lustigen runden Gesicht. Er steuerte auf Frau Lizzi zu und forderte sie auf zu erzählen. Er war ein aufmerksamer Zuhörer. Sogar Vamperl gab sein Herumgehüpfe auf, saß still da und spitzte die Ohren.

»Das Problem ist, dass wir hier eine Gleichung mit zu vielen Unbekannten haben«, sagte der Wetterkundler. »Das macht die Berechnung schwierig, wenn nicht sogar unmöglich. An Ihrer Stelle würde ich einen Versuch machen: Schicken Sie doch einfach an einem Tag mit vergleichbaren Bedingungen einen zweiten Ballon los und bitten um die Adresse.«

Vamperl pflanzte sich vor dem Mann auf, schüttelte den Kopf, dass man meinte, er würde abfallen, und zeigte auf seine Brust.

»Nein!«, rief Frau Lizzi. »Das kommt überhaupt nicht in Frage!«
»Was meint er denn?«, fragte der Wetterkundler.
»Er will selbst mitfliegen! Das schlag dir aus dem Kopf.«
Der Wetterkundler bekam einen fernen Blick, zog einen Zettel heraus, rechnete, kaute an seinem Bleistift und sagte schließlich: »Man müsste einen kleinen Korb an den Ballon hängen und die Größe des Ballons dem Gewicht anpassen. Ich könnte mit einem Freund reden, der auf Fledermäuse spezialisiert ist. Vamperl bekäme einen Ring ans Bein, wir könnten sämtliche Beobachtungsstationen auf der Strecke verständigen, damit er Hilfe bekommt, wenn er sie braucht. Vielleicht lässt sich sogar ein winziger Sender einbauen.«
Es machte dem Mann jetzt offensichtlich richtig Spaß, sich mit dieser Frage zu beschäftigen.

Frau Lizzi begann an ihren Knöcheln zu kauen.
Vamperl wirbelte herum, tanzte, hüpfte, streichelte die roten Haare auf dem Handrücken des Wetterkundlers.
»Wenn das so weitergeht«, sagte Frau Lizzi, »fliegst du überhaupt nirgendwo hin, weil du vorher überschnappst.«

Die nächsten Tage waren schwer auszuhalten. Vamperl konnte nicht einen Moment ruhig bleiben, selbst im Schlaf zappelte er hin und her.

Anfangs sagte Frau Lizzi noch: »Halt wenigstens zehn Sekunden lang still!« Doch bald gab sie auf.
Sie nähte einen winzigen Daunenschlafsack mit Kapuze, sie polsterte das Körbchen aus.
Der Wetterkundler wollte für einen Ballon in der richtigen Größe sorgen und sofort Bescheid sagen, wenn die Wetterlage günstig war. Frau Lizzi bemühte sich, nicht zu oft an diesen Tag zu denken.
Einmal flocht Vamperl Hannes winzige Zöpfe ins Haar. Frau Lizzi konnte sie nicht auflösen und musste ganze Haarbüschel abschneiden.

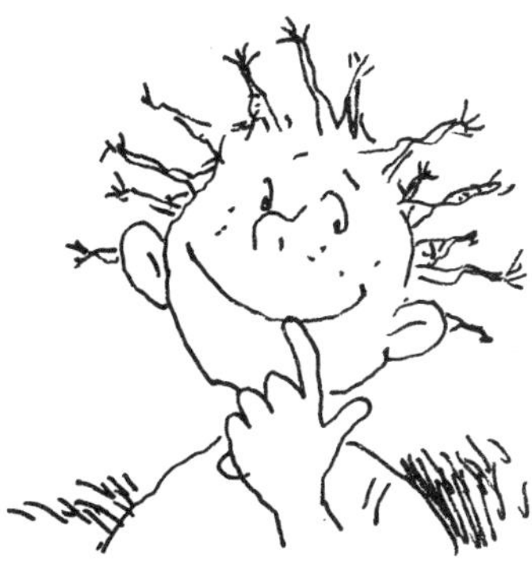

»Vamperl«, sagte sie, »so lieb ich dich habe, ich werde fast froh sein, wenn du losfliegen kannst. Verrückt ist gut und schön, aber so verrückt... Du weißt ja nicht einmal, in wen du verliebt bist.«
Vamperl legte den Kopf schief und schmatzte ihr Küsse auf die Wangen. Er schleppte den Brief an und streichelte die Unterschrift.
»Tja«, sagte Frau Lizzi, »verliebt ist verliebt. Punktum.«
»Wenn man dabei so durchdreht, werde ich mich nie verlieben«, erklärte Hannes. »Ich bin ja nicht blöd.«

Am Mittwoch kam eine Karte, für die wieder Nachporto zu zahlen war und auf der wieder die Adresse fehlte.

WO BLEIBST DU?

stand darauf.

Kurz vor zwei Uhr stürmte der Wetterkundler herein, hinter ihm Hannes. »Alles bereit? Besser kann es gar nicht mehr werden. Mein Auto steht unten.«
Frau Lizzi nahm den Korb, Vamperl flog auf ihre Schulter. Zum ersten Mal, seit der Brief gekommen war, hielt er ganz still. Während der Fahrt kuschelte er sich in Frau Lizzis Halsgrube. Sie starrte geradeaus.
Hannes zwinkerte und schneuzte sich immer wieder.
Der Wetterkundler trommelte vor jeder roten Ampel auf das Lenkrad. »Los, los«, drängte er, als sie am Ziel waren.
Vamperl stieg in den Korb, sprang noch einmal heraus um Frau Lizzi einen allerletzten Kuss zu geben und Hannes einen Nasenstüber.
Frau Lizzi hielt die Ballonschnur.
»Soll nicht ich …?«, fragte der Wetterkundler, aber sie schüttelte den Kopf.

Das musste sie selbst tun, fand sie.
»Eins – zwei – drei – los!«
Der Ballon schwebte in die Höhe.
»Grüß die Vamperlina!«, rief Frau Lizzi. Sie musste heftig blinzeln um den Ballon zu sehen. Er trieb nach Osten.
»Gute Reise, Vamperl!«, brüllte Hannes.
»Gute Fahrt!«, schrie der Wetterkundler. »Ich halt dir die Daumen!«
Das tat er schon beim Nachhausefahren, so oft er nicht beide Hände am Lenkrad brauchte.
»Wenn Sie etwas hören, lassen Sie es mich wissen – und umgekehrt«, sagte er beim Abschied. Er wehrte jeden Dank ab. Dafür sei es viel zu früh.
»Das wär's dann«, sagte Frau Lizzi zu Hannes. »Und es besteht überhaupt kein Grund, Trübsal zu blasen. Spielen wir lieber Mikado.«
Aber ihre Hände zitterten bei den einfachsten Würfen und Hannes ging es nicht viel besser. Frau Lizzi strich ihm

über den Kopf und er wehrte sich nicht. Beide vermieden es, auf die Vorhangstange zu schauen.

»Dem Professor muss ich auch Bescheid sagen«, murmelte Frau Lizzi.

Am Montagmorgen klopfte der Briefträger. »Da ist schon wieder Nachporto zu zahlen, Frau Lizzi! Sie sollten diesem Menschen einmal gründlich die Meinung sagen, so ein Unfug, Sie müssen ja das Doppelte zahlen.«

»Und wie gern!«, jubelte sie. Sie gab dem Briefträger ein so hohes Trinkgeld, dass er sich ernstliche Sorgen um sie machte.

Dann lasen Hannes und Frau Lizzi, Kopf an Kopf gelehnt:

WIR SIND JA SO GLÜCKLICH!
VIELEN DANK
UND VIELE KÜSSE!

»Aber die Adresse haben sie wieder vergessen«, brummte Frau Lizzi.